荀子卷第十五

登仕郎守大理評事楊倞注

解蔽篇第二十一

蔽者言不能通明滯於一隅如有物壅蔽之者

凡人之患蔽於一曲而闇於大理一曲一端之曲說是時各蔽於異端曲說故作此篇以解之治則復經兩疑則惑矣言治世用禮義則自復經常之正道兩疑謂不知一於正道而疑蔽者爲是一本作兩則疑惑矣天下無二道聖人無兩心今諸侯異政百家異說則必或是或非或治或亂亂國之君亂家之人此其誠心莫不求正而以自爲也妬繆於道而人誘其所迨也迨近也近謂所好也言亂君亂人本亦求理以其嫉妬迷繆於道故人因其所好而誘之謂若好儉則墨氏誘之好辯則惠氏誘之也私其所積唯恐聞其惡也積習倚其所私以觀異術唯恐聞其美也倚任也或曰偏倚也猶傍觀也言妬於異術也是以與治雖走而是己不輟也走並馳治謂正道也既私其所習妬繆於道雖與治並馳而自是不輟雖或作離豈不蔽於一曲而失正求也哉心不使焉則白黑在前而目不見雷鼓在

側而耳不聞況於使者乎〔雷鼓大鼓聲如雷者使役也以論不役心於正道則自無聞見矣況乎役心於異術豈復更聞正求哉〕德道之人〔有賢德也〕亂國之君非之上亂家之人非之下豈不哀哉〔上下共非故可哀也〕故爲蔽〔數爲蔽之端也〕欲爲蔽惡爲蔽始爲蔽終爲蔽遠爲蔽近爲蔽博爲蔽淺爲蔽古爲蔽今爲蔽〔此其所知所好滯於一隅故皆爲蔽也〕凡萬物異則莫不相爲蔽此心術之公患也〔公共也所好異則相爲蔽〕昔人君之蔽者夏桀殷紂是也

桀蔽於末喜斯觀而不知關龍逢以惑其心而亂其行〔末喜桀妃斯觀末聞韓侍郎云斯或當爲斟斟觀夏同姓國蓋其君當時爲桀佞臣也國語史蘇曰昔夏桀伐有施有施人以末喜女焉賈侍中云有施喜姓國也〕紂蔽於妲己飛廉而不知微子啓以惑其心而亂其行〔妲己紂妃飛廉紂之佞臣惡來之父善走者秦之祖也微子紂之庶兄微國子爵啓其名也國語曰殷紂伐有蘇有蘇氏以妲己女焉賈侍中云有蘇己姓國也〕故羣臣去忠而事私百姓怨非而不用〔事任也不用不爲上用也非或爲誹〕賢良退處而隱逃此其所以喪九牧之地而虛宗廟之

國也九牧九州之牧虛讀爲墟桀死於亭山亭山南巢之山或本作鬲山案漢書地理志盧江有灊縣當是誤以灊爲鬲傳寫又誤爲亭耳灊音潛紂縣於赤旆史記武王斬紂頭縣於大白旗此云赤旆所傳聞異也身不先知人又莫之諫此蔽塞之禍也成湯鑒於夏桀故主其心而慎治之主其心言不爲邪佞所惑也是以能長用伊尹而身不失道此其所以代夏王而受九有也文王監於殷紂故主其心而慎治之是以能長用呂望而身不失道此其所以代

殷王而受九牧也九有九牧皆九州也撫有其地則謂之九有養其民則謂之九牧遠方莫不致其珍故目視備色耳聽備聲口食備味形居備宮名受備號生則天下歌死則四海哭夫是之謂至盛詩曰鳳凰秋秋其翼若干其聲若簫有鳳有凰樂帝之心此不蔽之福也逸詩也爾雅鶠鳳其雌凰秋秋猶蹌蹌蹌蹌謂舞也干楯也此帝蓋謂堯也堯時鳳凰巢於阿閣言堯能用賢不蔽天下和平故有鳳凰來儀之福也昔人臣之蔽者唐鞅奚齊是也唐鞅宋康王之臣呂

氏春秋曰宋康王染於唐鞅田不禋奚齊晉獻公驪姬之子論衡曰宋王問唐鞅曰吾殺戮甚衆而羣臣愈不畏何也對曰王罰不善者善者胡爲畏王少欲羣臣之畏也不若無辨其善一時罪之則羣臣畏矣宋王從之

蔽於欲權而逐載子載讀爲戴戴不勝使薛居州傳王者見孟子或曰戴子戴驩也唐鞅韓子曰戴驩爲宋太宰夜使人曰吾聞有數夜乘輜車之李史門者謹爲我司之使者報曰不見輜車見有奉笥而與李史受笥又戴驩謂齊王曰王大仁於薛公大不忍人據其時代當是戴驩也蓋爲唐鞅所逐奔齊也奚齊蔽於欲國而罪申生申生晉獻公之太子奚齊之兄爲驪姬所譖獻公殺之春秋穀梁傳曰晉里克弑其君之子奚齊其君之子云者國人不子也不正其殺太子申生而立也唐鞅戮於宋奚齊戮於晉逐賢相而罪孝兄身爲刑戮然

而不知此蔽塞之禍也故以貪鄙背叛爭權而不危辱滅亡者自古及今未嘗有之也鮑叔甯戚隰朋仁知且不蔽故能持管仲而名利福祿與管仲齊持扶翼也召公呂望仁知且不蔽故能持周公而名利福祿與周公齊傳曰知賢之謂明輔賢之謂能勉之彊之其福必長此之謂也此不蔽之福也勉之彊之言必勉之

言知賢輔賢然後其福長也彊其亮反昔賓孟之蔽者亂家是也賓孟周景王之佞臣欲立王子朝者亂家謂亂周之家事使庶孽爭位也墨子蔽於用而不知文欲使上下勤力腓無胈脛無毛而不知貴賤等級之文飾也宋子蔽於欲而不知得宋子以人之情欲寡不欲多但任其所欲則自治也蔽於此說而不知得欲之道也慎子蔽於法而不知賢慎子本黃老歸刑名多明不尚賢不使能之道故其說曰多賢不可以多君無賢不可以無君其意但明得其法雖無賢亦可為治而不知法待賢而後舉也申子蔽於埶而不知知申子名不害河南京縣人韓昭侯相也其說但賢得權埶以刑法馭下而不知權埶待才智然後治亦與慎子意同下知音智惠子蔽於辭而不知實惠子蔽於虛辭而不知實理虛辭謂若山出口丁子有尾之類也莊子蔽於天而不知人天謂無為自然之道莊子但推治亂於天而不知在人也故由用謂之道盡利矣由從也若由於用則天下之道無復仁義皆盡於求利也由俗謂之道盡嗛矣俗當為欲嗛與慊同快也言若從人所欲不為節限則天下之道盡於快意也嗛口簟反由法謂之道盡數矣由法而不由賢則天下之道盡於術數也由埶謂之道盡便矣便便宜也從埶而去智則盡於逐便無復脩立由辭謂之道盡論矣論辨說也由天謂之道盡因矣因任其自然無復治化也此數具者皆道之一隅也夫道者體

常而盡變一隅不足以舉之言道者體常盡變猶天地常存能盡萬物之變化也曲知之人觀於道之一隅而未之能識也曲知言不通於大道也一隅猶昧況大道乎故以爲足而飾之謂其持之有故其言之成理也內以自亂外以惑人上以蔽下下以蔽上此蔽塞之禍也孔子仁知且不蔽故學亂術足以爲先王者也亂雜也言其多才藝足以及先王也一家得周道舉而用之不蔽於成積也一家得謂作春秋也周道舉謂刪詩書定禮樂成積舊習也言其所用不滯於衆人舊習故能功業如此故德與周公齊名與三王並此不蔽之福也聖人知心術之患見蔽塞之禍故無欲無惡無始無終無近無遠無博無淺無古無今兼陳萬物而中縣衡焉不滯於一隅但當其中而縣衡揣其輕重也是故衆異不得相蔽以亂其倫也倫理何謂衡曰道道謂禮義故心不可以不知道心不知道則不可道而可非道心不知道則不以道爲可可謂合意也人孰欲得恣而守其所不可以禁其

所可人心誰欲得縱恣而肯守其不合意之事以自禁其合意者以其不可道之心取人則必合於不道人而不知合於道人各求其類以其不可道之心與不可道之人論道人亂之本也必有妬賢害善夫何以知問何道以知道人也曰心知道然後可道可道然後能守道以禁非道以其可道之心取人則合於道人而不合於不道之人矣以其可道之心與道人論非道治之要也必能懲姦去惡何患不知

心苟知道何患不知道人故治之要在於知道人何以知道既知道人在於知道問知道之術如何也曰心在心無邪心何以知曰虛壹而靜能然則可以知道也心未嘗不臧也然而有所謂虛臧讀爲藏古字通下同言心未嘗不苞藏然有所謂虛也心未嘗不滿也然而有所謂一滿當爲兩兩謂同時兼知心未嘗不動也然而有所謂靜雖動不使害靜也人生而有知知而有志志也者臧也在心爲志然而有所謂虛不以己所臧害所將受謂之虛見善則遷

不滯於積習也心生而有知知而有異異也者同
時兼知之同時兼知之兩也然而有所謂
一不以夫一害此一謂之壹既不滯於一隅物雖輻湊而至
盡可以一待之也心臥則夢偷則自行使之則謀臥寢也自
行放縱也使役也言人心有所思寢則必夢偷則必放縱役用則必謀慮故心未嘗不動
也然而有所謂靜不以夢劇亂知謂之靜
夢想象也劇囂煩也言處心有常不蔽於想象囂煩而介於胷中以亂其知斯爲靜也此皆明不蔽於一端虛受之義也
未得道而求道者謂之虛壹而靜有求道之心不滯於
偏見曲說則是虛壹而靜作之則將須道者之虛則人將
事道者之壹則盡盡將思道者靜則察此義
未詳或恐脫誤耳或曰此皆論虛一而靜之功也作動也須待也將行也當爲須道者虛則將事道者壹則盡思道者靜則察
其餘字皆衍也作之則行言人心有動作則自行也以虛心須道則萬事無不行以一心事道則萬物無不盡以飾心思道則
萬變無不察此皆言執其本而末隨也知道察知道行體道者也
知道察謂思道者靜則察也知道行謂須道者虛則將也體謂不離道也虛壹而靜謂之
大清明言無有壅蔽者萬物莫形而不見莫見而
不論莫論而失位既虛壹而靜則通於萬物故有形者無不見見則無不能論說論說

則無不得其宜坐於室而見四海處於今而論久遠疏觀萬物而知其情參稽治亂而通其度疏通參驗稽考度制也經緯天地而材官萬物制割大理而宇宙裏矣材謂當其分官謂不失其任裏當爲理材或爲栽也恢恢廣廣孰知其極睪睪廣廣孰知其德涫涫紛紛孰知其形明參日月大滿八極是之謂大人夫惡有蔽矣哉此皆明虛一而靜則通於神明人莫能測也又安能蔽哉睪讀爲皥皥皥廣大貌涫涫沸貌紛紛雜亂貌涫音官又音貫心者形之君

也而神明之主也出令而無所受令心出令以使百體不爲百體所使也自禁也自使也自奪也自取也自行也自止也此六者皆由心使之然所以爲形之君也故口可劫而使墨云形可劫而使詘申心不可劫而使易意是之則受非之則辭劫迫也云言也百體可劫心不可劫所以尤宜慎擇所好懼蔽塞之患也故曰心容其擇也無禁必自見其物也雜博容受也言心能容受萬物若其選擇無所禁止則見雜博不精所以貴夫虛壹而靜也其情之至也不貳其情之至極在一而不貳若雜博則惑詩云

采采卷耳不盈頃筐嗟我懷人寘彼周行詩周南卷耳之篇毛公云采采事采之也卷耳苓耳也頃筐畚屬易盈之器也思君子置於周之列位也頃筐易滿也卷耳易得也然而不可以貳周行采易得之物實易滿之器以懷人寘周行之心貳之則不能滿況乎難得之正道而可以他術貳之乎故曰心枝則無知傾則不精貳則疑惑以贊稽之萬物可兼知也枝旁引如樹枝也贊助也稽考也以一端而不貳之道助考之則可兼知萬物若博雜則愈不知也身盡其故則美故事也盡不貳之事則身美矣類不可兩也故知者擇一而壹焉凡事類皆不可兩故知者精於一道而專一焉故異端不能蔽也農精於田而不可以爲田師賈精於市而不可以爲市師工精於器而不可以爲器師皆蔽於一技故不可爲師長也有人也不能此三技而可使治三官曰精於道也精於一道故可以理萬事精於物者也精於物者以物物謂能名物其一物若農賈之屬也精於道者兼物物謂能兼治名物其一物者也故君子壹於道而以贊稽物壹於道所以助考物也助考謂兼治也壹於道則正以贊稽物則察以正志

行察論則萬物官矣在心爲志發言爲論官謂各當其任無差錯也昔者舜之治天下也不以事詔而萬物成舜能一於道但委任衆賢而已未嘗躬親以事告人處一之危其榮滿側養一之微榮矣而未知一謂心一也危之當爲之危危謂不自安戒懼之謂也側謂逼側亦充滿之義微精妙也處心之危言能戒懼兢兢業業終使之安也養心之微謂養其未萌不使異端亂之也處心之危有形故其榮滿則可知也養心之微無形故雖榮而未知言辭之爲治養其未萌也故道經曰人心之危道心之微今虞書有此語而云道經蓋有道之經也孔安國曰危則難安微則難明故誡以精一信執其中引此以明舜之治在精一於道不蔽於一隅也危微之幾

惟明君子而後能知之幾萌兆也與機同故人心譬如槃水正錯而勿動則湛濁在下而清明在上湛讀爲沈泥滓也下同則足以見鬚眉而察理矣理肌膚之文理微風過之湛濁動乎下清明亂於上則不可以得大形之正也心亦如是矣故導之以理養之以清物莫之傾清謂沖和之氣則足以定是非決嫌疑矣小物引之則其正外易其心內傾則不足以決麤理矣言此者以喻心不一於道爲

異端所蔽則惑也故好書者衆矣而倉頡獨傳者壹也倉頡黃帝史官言古亦有好書者不如倉頡一於其道異術不能亂之故獨傳也情箸古者倉頡之有天下守法授親神農亦然也好稼者衆矣而后稷獨傳者壹也好樂者衆矣而夔獨傳者壹也好義者衆矣而舜獨傳者壹也倕作弓浮游作矢而羿精於射倕舜之共工世本云夷牟作矢宋衷注云黃帝臣此云浮游未詳或者浮游夷牟之別名或聲相近而誤耳言倕游雖作弓矢未必能射而羿精之也弓矢舜已前有之此云倕作弓當是改制精巧故亦言作也奚仲作車乘杜作乘馬而造父精於御自古及

今未嘗有兩而能精者也奚仲夏禹時車正黃帝時已有車服故謂之軒轅此云奚仲者亦改制耳世本云相土作乘馬杜與土同乘馬四馬也四馬駕車處於相土故曰作乘馬以其作乘馬之法故謂之乘杜乘並音剩相土契孫也呂氏春秋曰乘馬作一駕曾子曰是其庭可以搏鼠惡能與我歌矣是蓋當爲視曾子言有人視庭中可以搏擊鼠則安能與我成歌詠乎言外物誘之思不精故不能成歌詠也空石之中有人焉其名曰觙空石石穴也蓋古有善射之人處深山空石之中名之曰觙觙字及事並未詳所出或假設喻之耳其爲人也善射以好思好喜也清靜思其射之妙耳目之欲接則敗其思蚊虻之聲聞則

挫其精是以闢耳目之欲而遠蚊䖟之聲閑居靜思則通挫損也精精誠也闢屏除也言閑居靜思不接外物故能通射之妙思仁若是可謂微乎言靜思仁如空石之人思射則可謂微乎假設問之辭也孟子惡敗而出妻可謂能自彊矣此已下荅之之辭孟子惡其敗德而出其妻可謂能自彊於脩身也有子惡卧而焠掌可謂能自忍矣未及好也有子蓋有若也焠灼也惡其寢卧而焠其掌若刺股然也未及好也當爲未及好思也誤分在下更作一句耳有子焠掌可謂能自忍其身則未及善好思者也若思道之至則自無寢焉用焠掌乎闢耳目之欲可謂能自彊矣未及思

也蚊䖟之聲聞則挫其精可謂危矣未可謂微也可謂能自彊矣未及思也十字並衍耳可謂危矣言能闢耳目之欲則可謂能自危而戒懼未可謂微也微者精妙之謂也夫微者至人也惟精惟一如舜者至人也何彊何忍何危既造於精妙之域則冥與理會不在作爲苟未臻極雖在空石之中猶未至也故濁明外景清明内景景光色也濁謂混跡清謂虛白聖人縱其欲兼其情而制焉者理矣夫何彊何忍何危兼猶盡也聖人雖縱欲盡情而不過制者由於暗與理會故也何必如空石之徒乎故仁者之行道也無爲也聖人之行道也

無彊也無爲謂知違理則不作所謂造形而悟也無彊謂全無違理彊制之萌也仁者
之思也恭聖人之思也樂此治心之道也
思慮也恭謂乾乾夕愓也樂謂性與天道無所不適
凡觀物有疑中心不定則外物不清清明審也
吾慮不清則未可定然否也冥冥而行者
見寢木以爲伏虎也見植林以爲後人也
冥冥蔽其明也冥冥暮夜也醉者越百步之溝
以爲蹞步之澮也蹞與跬同半步曰跬澮小溝也俯而出城門
以爲小之閨也酒亂其神也閨小門也厭目而視
者視一以爲兩掩耳而聽者聽漠漠而以
爲哅哅埶亂其官也厭指按也一涉反漠漠無聲也哅哅喧聲也官司主也言
埶亂耳目之所主守哅許用反故從山上望牛者若羊而求羊
者不下牽也遠蔽其大也從山下望木者
十仞之木若箸而求箸者不上折也高蔽
其長也皆知爲高遠所蔽故不往求然則守道者亦宜知異術之蔽類此也水動而
景搖人不以定美惡水埶玄也玄幽深也或讀爲眩瞽

者仰視而不見星人不以定有無用精惑也精目之明也有人焉以此時定物則世之愚者也彼愚者之定物以疑決疑決必不當夫苟不當安能無過乎以疑決疑猶慎墨之屬也夏首之南有人焉曰涓蜀梁夏首夏水之首楚詞云過夏首而西浮顧龍門而不見王逸曰夏首水口也涓蜀梁未詳何代人姓涓名蜀梁列仙傳有涓子齊人隱於宕山餌术能致風雨者也其爲人也愚而善畏善猶喜也好有所畏明月而宵行俯見其影以爲伏鬼也卬視其髮以爲立魅也卬與仰同背而走比至其家者失氣而死豈不哀哉背棄去也失氣謂困甚氣

絕也凡人之有鬼也必以其感忽之閒疑玄之時正之感驚動也感忽猶慌惚也玄亦幽深難測也必以此時定其有鬼也此人之所以無有而有無之時也無有謂以有爲無也有無謂以無爲有也此皆人所疑惑之時也而已以正事故傷於溼而擊鼓鼓痺則必有敝鼓喪豚之費矣而未有俞疾之福也已以正事謂人以此定事也痺冷疾也傷於溼則患痺反擊鼓烹豚以禱神何益於愈疾乎若以此定事則與俗不殊也俞讀爲愈故雖不在夏首之南則無以異矣慎墨

之蔽亦猶是也

凡以知人之性也可以知物之理也以知人之性推之則可知物理也以可以知人之性求可以知物之理而無所疑止之則沒世窮年不能徧也疑止謂有所不爲窮年盡其年壽疑或爲凝其所以貫理焉雖億萬已不足以浹萬物之變與愚者若一貫習也浹周也子叶反或當爲接學老身長子而與愚者若一猶不知錯夫是之謂妄人錯置也謂廢捨也身巳老矣子巳長矣猶不知廢捨無益

之學夫是之謂愚妄之人也故學也者固學止之也惡乎止之曰止諸至足曷謂至足曰聖也或曰聖下更當有王字誤脫耳言人所學當止於聖人之道及王道不學異術也聖王之道是爲至足也聖也者盡倫者也王也者盡制者也倫物理也制法度也兩盡者足以爲天下極矣所以爲至足也故學者以聖王爲師案以聖王之制爲法法其法以求其統類類以務象效其人統類法之大綱嚮是而務士也類是而幾君子也幾近也類聖人而近之則爲君子士者脩飾之名君子有道德之稱也知

之聖人也 知聖王之道者 故有知非以慮是則謂之懼 自知其非以圖慮於是則謂之能戒懼也 有勇非以持是則謂之賊 勇於爲非以持制是也 察孰非以分是則謂之篡 孰甚也察甚其非以分爲是之心此篡奪之人也 多能非以脩蕩是則謂之知 脩飾也蕩動也多能知非脩飾蕩動而爲是則謂之知言智者能變非爲是也 辯利非以言是則謂之詍 辯說利口而飾非以言亂是則謂之詍詍多言也詩曰無然詍詍 傳曰天下有二非察是是察非 衆以爲是者而非之以爲非者而察之 謂合王制與不合王制也 所以非察是是察非觀其合王制與否也

天下有不以是爲隆正也然而猶有能分是非治曲直者邪 有不以合王制與不合爲隆正而能分是非治曲直乎言必不能也 若夫非分是非非治曲直非辨治亂非治人道雖能之無益於人不能無損於人案直將治怪說玩奇辭以相撓滑也案彊鉗而利口厚顏而忍詬無正而恣睢妄辨而幾利 滑亂也音骨彊彊服人鉗鉗人口也詬詈也恣睢矜夸也幾近也妄辨幾利謂妄爲辨說所近者惟利也 不好辭讓不敬禮節而好相推擠此亂世

姦人之說也則天下之治說者方多然矣愼墨季惠之屬傳曰析辭而爲察言物而爲辨君子賤之博聞彊志不合王制君子賤之此之謂也所謂析言破律亂名改作者也爲之無益於成也求之無益於得也憂戚之無益於幾也言役心無益復憂戚亦不能近道也則廣焉能棄之矣不以自妨也不少頃干之胷中廣讀爲曠遠也不以自妨謂不以無益害有益也不慕往不閔來無邑憐之心不慕往謂不悅慕無益之事而往從之也不閔來謂不憂閔無益之事而來正之也或曰往古昔也來將來也不慕往古不閔將來言唯義所在無所繫滯也邑憐未詳或曰邑與悒同悒快也憐讀爲吝惜也言棄無益之事更無悒快吝惜之心此皆明不爲異端所蔽也當時則動物至而應事起而辨治亂可否昭然明矣

周而成泄而敗明君無之有也以周密爲成以漏泄爲敗明君無此事也明君日月之照臨安用周密也宣而成隱而敗闇君無之有也以宣露爲成以隱蔽爲敗闇君亦無此事也闇君務在隱蔽而不知昭明之功也故君人者周則讒言至矣直言反矣小人邇而君子

遠矣詩云墨以爲明狐狸其蒼此言上幽而下險也逸詩墨謂蔽塞也狐狸其蒼言狐狸之色居然有異若以蔽塞爲明則臣下誑君言其色蒼然無别猶指鹿爲馬者也幽暗也險傾側也君人者宣則直言至矣而讒言反矣君子邇而小人遠矣反還也讒言復歸而不敢出矣或曰反倍也言與讒人相倍反也詩曰明明在下赫赫在上此言上明而下化也詩大雅大明之篇言文王之德明明在下故赫赫然著見於天也

荀子卷第十五

荀子卷第十六

登仕郎守大理評事楊倞注

正名篇第二十二

是時公孫龍惠施之徒亂名改作以是爲非故作正名篇尹文子曰形以定名名以定事事以驗名察其所以然則形名之與事物無所隱其理矣名有三科一曰命物之名方圓白黑是也二曰毀譽之名善惡貴賤是也三曰況謂之名賢愚愛憎是也

後王之成名後之王者有素定成就之名謂舊名可法效者也刑名從商爵名從周文名從禮商之刑法未聞康誥曰殷罰有倫是亦言殷刑之允當也爵名從周謂五等諸侯及三百六十官也文謂節文威儀禮即周之儀禮也散名之加於萬物者則從諸夏之成俗曲期成俗舊俗方言也期會也曲期謂委曲期會物之名者也遠方異俗之鄉則因之而爲通遠方異俗名之乖異者則因其所名遂以爲通而不改作也散名之在人者舉名之分散在人者生之所以然者謂之性人生善惡固有必然之理是所受於天之性也性之和所生精合感應不事而自然謂之性和陰陽沖和氣也事任使也言人之性和氣所生精合感應不使而自然言其天性如此也精合謂若耳目之精靈與見聞之物合也感應謂外物感心而來應也性之好惡喜怒哀樂謂之情人性感物之後分爲此六者謂之情情然而心爲之擇謂

之慮情雖無極心擇可否而行謂之慮也心慮而能爲之動謂之僞僞矯也心有選擇能動而行之則爲矯拂其本性也慮積焉能習焉而後成謂之僞心雖能動亦在積久習學然後能矯其本性也正利而爲謂之事爲正道之事利則謂之事業謂商農工賈者也正義而爲謂之行苟非正義則謂之姦邪行下孟反所以知之在人者謂之知知有所合謂之智知之在人者謂在人之心有所知者知有所合謂所知能合於物也智所以能之在人者謂之能智有所能在人之心者謂之能能才能也能有所合謂之能能當爲耐古字通也耐謂堪任其事耐乃來乃代二反性傷

謂之病傷於天性不得其所節遇謂之命節時也當時所遇謂之命命者如天所命然是散名之在人者也是後王之成名也略舉此上事是散名之在人者而後王可因襲成就素定之名也而或者乃爲堅白之說以是爲非斯亂名之尤也故王者之制名名定而實辨道行而志通則愼率民而一焉道謂制名之道志通言可曉也禮記曰黃帝正名百物以明民愼率民而一焉言不敢以異端改作也故析辭擅作名以亂正名使民疑惑人多辨訟則謂之大姦其罪猶爲符節度量之罪也新序曰子產決鄧析教民之難約大獄袍衣小獄襦

袴民之獻袍衣襦袴者不可勝數以非爲是以是爲非鄭國大亂民口讙譁子產患之於是討鄧析而僇之民乃服是非乃定是其類也故其民莫敢託爲奇辭以亂正名故其民愨愨則易使易使則公其民莫敢託爲奇辭以亂正名故壹於道法而謹於循令矣如是則其迹長矣迹王者所立之迹也下不敢亂其名畏服於上故迹長也長丁丈反迹長功成治之極也是謹於守名約之功也謹嚴也約要約今聖王沒名守慢奇辭起名實亂是非之形不明則雖守法之吏誦

數之儒亦皆亂奇辭亂實故法吏迷其所守偏儒者疑其所習若有王者起必將有循於舊名有作於新名名之善者循之不善者作之故孔子曰必也正名乎然則所爲有名與所緣有同異與制名之樞要不可不察也緣因也樞要大要摠名也物無名則不可分辨故因而有名也名不可一貫故因耳目鼻口而制同異又不可常別雖萬物萬殊有時欲之舉其大綱故制爲名之樞要謂若謂之禽知其二足而羽謂之獸知其四足而毛既爲治在正名則此三者不可不察而知其意也異形離心萬物之形各異則分離人之心言人心知其不同也此巳下覆明有名之意交喻異物名實玄紐玄深隱也紐結也若不爲分別立名使物物而交相譬喻之則名實

（深隱紛結難知也）貴賤不明同異不別如是則志必
有不喻之患而事必有困廢之禍故知者
爲之分別制名以指實（無名則物雜亂故智者爲之分界制名所以指明實）
（事也）上以明貴賤下以辨同異貴賤明同異
別如是則志無不喻之患事無困廢之禍
此所爲有名也（有名之意在此）然則何緣而以同異
（設問覆明同異之意也）曰緣天官（天官耳目鼻口心體也謂之官言各有所司主也緣天官）
（言天官謂之同則同謂之異則異也）凡同類同情者其天官之意

物也同故比方之疑似而通是所以共其
約名以相期也（同類同情謂若天下之馬雖白黑大小不同天官意想其同類所以共其）
（省約之名以相期會而命之各爲制名也）形體色理以目異（形體形狀也色五色）
（也理文理也言萬物形體色理以目別異之而制名）聲音清濁調竽奇聲
以耳異（清濁宮徵之屬調竽謂調和笙竽之聲也竽笙類所以導衆樂者也不言革木之屬而言竽者
或曰竽八音之首故黃帝使泠綸取竹作管是竹爲聲音之始莊子天籟地籟亦其義也奇奇異也奇聲萬物衆聲
之異者也）甘苦鹹淡辛酸奇味以口異（奇味衆味之異者也）香
臭芬鬱腥臊洒酸奇臭以鼻異（芬花草之香氣）

也鬱腐臭也周禮曰鳥皫色而沙鳴鬱洒未詳酸暑浥之酸氣也奇臭衆臭之異者氣之應鼻者爲臭故香亦謂之臭禮記曰皆佩容臭或曰洒當爲漏篆文稍相似因誤耳禮記曰馬黑脊而班臂漏鄭音螻螻蛄臭者也

疾養滄熱滑鈹輕重以形體異疾痛也養與癢同滄寒也滑與汩同鈹與被同皆壞亂之名或曰滑如字鈹當爲鈒傳寫誤耳與澁同輕重謂分銖與鈞石也此皆在人形體別異之而立名也滄初亮反又楚陵反

說故喜怒哀樂愛惡欲以心異說讀爲脫誤也脫故猶律文之故誤也

心有徵知徵召也言心能占萬物而知之

徵知則緣耳而知聲可也緣目而知形可也緣因也以心能占知萬物故可以因耳而知聲因目而知形爲之立名心雖有知不因耳目亦不可也

然而徵

知必將待天官之當簿其類然後可也天官耳目也當主也丁浪反簿簿書也當簿謂如各主當其簿書不雜亂也類謂可聞之物耳之類可見之物目之類言心雖能占所知必將任使耳目令各主掌其類然後可也言心亦不能自主之也

五官簿之而不知心徵之而無說則人莫不然謂之不知此所緣而以同異也五官耳目鼻口心也五官能主之而不能知心能占而知之若又無說則人皆謂之不知也以其如此故聖人分別因立同異之名使人曉之也

然後隨而命之既分同異之後然後隨所名而命之此巳下覆明制名樞要之意也

同則同之異則異之同類則同名異類則異名

單足以喻則單單不足

以喻則兼單物之單名也兼複名也喻曉也謂若止喻其物則謂之馬喻其毛色則謂之白馬黃馬之比也單與兼無所相避則共雖共不爲害矣謂單名複名有不可相避者則雖共同其名謂若單名謂之馬雖萬馬同名複名謂之白馬亦然雖共不害於分別也知異實者之異名也故使異實者莫不異名也不可亂也知謂人心知之異實者異名則不亂也謂若牛與馬爲異實也猶使異實者莫不同名也恐異實異名卒不可偏舉故猶使異實者有時而同一名也或曰異實當爲同實言使異實者異名共不可相亂猶如使同實者莫不同名也故萬物雖衆有時而欲偏舉之故謂之物物也者大共

名也推而共之共則有共至於無共然後止推此共名之理則有共至於無共言自同至於異也起於摠謂之物散爲萬名是異名者本生於別同名者也有時而欲偏舉之故謂之鳥獸鳥獸也者大別名也推而別之別則有別至於無別然後止言自異至於同也謂摠其萬名復謂之物是同名者生於欲都舉異名也言此者所以別異名同名之意名無固宜約之以命約定俗成謂之宜異於約則謂之不宜名無故宜言名本無定也約之以命謂立其約而命之若約爲天則人皆謂之天也名無固實約之以命實約定俗

成謂之實名實名謂以名實各使成言語文辭謂若天地日月之比也名有固善徑易而不拂謂之善名徑疾平易而不違拂謂易曉之名也即謂呼其名遂曉其意不待訓解者拂音佛物有同狀而異所者謂若兩馬同狀各在一處之類也有異狀而同所者謂若老幼異狀同是一身也蠶蛾之類亦是也可別也狀同而爲異所者雖可合謂之二實即謂兩馬之類名雖可合同謂之馬其實二也狀變而實無別而爲異者謂之化有化而無別謂之一實狀雖變而實不可別爲異所則謂之化化者改舊形之名若田鼠化爲鴽之類雖有化而無別異故謂之一實言其實一也此事

之所以稽實定數也稽考其實而定一二之數也此制名之樞要也此皆明制名之大意是其樞要也後王之成名不可不察也此三者制名之實後王可因其成名而名之故不可不察也

見侮不辱聖人不愛己殺盜非殺人也此惑於用名以亂名者也見侮不辱宋子之言也聖人不愛己未聞其說似莊子之意殺盜非殺人亦見莊子宋子言見侮不辱則使人不鬬或言聖人不愛己而愛人莊子又云殺盜賊不爲殺人之言此三者徒取其名不究其實是惑於用名以亂正名也驗之所以爲有名而觀其孰行則能禁之矣驗其所爲有名本由不喻之患因廢之禍因觀見侮不辱

之說精熟可行與否則能禁也言必不可行也山淵平情欲寡芻豢不加甘大鐘不加樂此惑於用實以亂名者也山淵平即莊子山與澤平也情欲寡即宋子云人之情欲寡也芻豢不加甘大鐘不加樂墨子之說也古人以山爲高以泉爲下原其實亦無定但在當時所命耳後世遂從而不改爾亂名之人既以高下是古人之一言未必物之實也則我以山泉爲平奚爲不可哉古人言情欲多我以爲寡芻豢甘大鐘樂我盡以爲不然亦可也此惑於用實本無定以亂古人之舊名也驗之所緣無以同異而觀其孰調則能禁之矣驗其所緣同異本由物一貫則不可分別故定其名而別之今山淵平之說以高爲下以下爲高若觀其精孰得調理與否則能禁惑於實而亂名也非而謁楹有

牛馬非馬也此惑於用名以亂實者也非而謁楹有牛未詳所出馬非馬公孫龍白馬之說也白馬論曰言白所以命色也馬所以命形也色非形形非色故曰白馬非馬也是惑於形色之名而亂白馬之實也驗之名約以其所受悖其所辭則能禁之矣名約即名之樞要也以用也悖違也所受心之所是所辭心之所非驗其名之大要本以稽實定數今馬非馬之說則不然若用其心之所受者違其所辭者則能禁之也凡邪說辟言之離正道而擅作者無不類於三惑者矣辟讀爲僻故明君知其分而不與辨也明君守聖人之名分不必亂名辨說是非也夫民易一以道而不可

與共故故事也言聖人謹守名器以道一民不與之共事共則民以他事亂之故老子曰國之利器不
可以示人也故明君臨之以勢道之以道導達之以正道申
之以命章之以論禁之以刑故其民之化
道也如神辨埶惡用矣哉申重也章明也論謂先聖格言但用此道
馭之不必更用辨埶也辨埶謂說其所以然也今聖人沒天下亂姦言起
君子無埶以臨之無刑以禁之故辨說也
荀卿自述正名及辨說之意也實不喻然後命命不喻然後期
期不喻然後說說不喻然後辨命謂以名命之也期會也

言物之稍難明命之不喻者則以形狀大小會之使人易曉也謂若白馬但言馬則未喻故更以白會之若是事多
會亦不喻者則說其所以然若說亦不喻者則反覆辨明之也故期命辨說也者
用之大文也而王業之始也無期命辨說則萬事不行故為用之
大文飾王業之始在於正名故曰王業之始也名聞而實喻名之用也名之
用本在於易知也累而成文名之麗也累名而成文辭所以為名之華
麗詩書之言皆是也或曰麗同配偶也用麗俱得謂之知名淺與深俱
不失其所則為知名名也者所以期累實也名者期於累數其實以成
言語或曰累實當為異實言名者所以期於使實各異也辭也者兼異實之

名以論一意也辭者說事之言辭兼異實之名謂兼數異實之名以成言辭猶若元年春
王正月公即位兼說亡實之名以論公即位之一意也辨說也者不異實名
以喻動靜之道也動靜是非也言辨說者不唯兼異常實之名所以喻是非之理
辭者論一意辨者明兩端也期命也者辨說之用也期謂委曲爲名以會物也
以期與命所以爲辨說之用辨說也者心之象道也辨說所以爲心想象
之道故心有所明則辨說也心也者道之工宰也工能成物宰能生物心之
於道亦然也道也者治之經理也經常也理條貫也言道爲理國之常法條貫也
心合於道說合於心辭合於說言說爲說成文爲辭謂心能知

道說能合心辭能成言也正名而期質請而喻辨異而不過
推類而不悖聽則合文辨則盡故以正道
而辨姦猶引繩以持曲直是故邪說不能
亂百家無所竄正名而期謂正其名以會物使人不惑也質物之形質質請而喻謂
若形質自請其名然因而喻知其實也辨異而不過謂足以別異物則已不過說也推類而不悖謂推同類之物使
共其名不使乖悖也聽則合文辨則盡故謂聽他人之說則取其合文理者自辨說則盡其事實也正道謂正名之
道持制也竄匿也百家無所隱竄言皆知其姦詐也有兼聽之明而無奮矜
之容有兼覆之厚而無伐德之色說行則

天下正說不行則白道而不冥窮是以聖人之辨說也是時百家曲說皆競自矜伐故述聖人辨說雖兼聽兼覆而無奮矜伐德之色也白道明道也冥幽隱也冥窮謂退而窮處也詩曰顒顒卬卬如珪如璋令問令望愷悌君子四方爲綱此之謂也詩大雅卷阿之篇顒顒體貌敬順也卬卬志氣高朗也

辭讓之節得矣長少之理順矣忌諱不稱祆辭不出以仁心說以學心聽以公心辨以仁心說謂務扵開導不騁辭辨也以學心聽謂悚敬而聽他人之說不爭辨也以公心辨謂以至公辨他人之說是非也不動乎衆人之非譽不以衆人是非而爲之動但自正其辭說也不治觀者之耳目其所辨說不求夸眩扵衆人不賂貴之權埶不爲貨賂而移貴者之權埶也不利傳辟者之辭利謂說愛之也辟讀曰僻故能處道而不貳吐而不奪利而不流貴公正而賤鄙爭是士君子之辨說也吐而不奪謂吐論人人不能奪利或爲和詩曰長夜漫兮永思騫兮大古之不慢兮禮義之不愆兮何恤人之言兮此之謂也逸詩也漫謂漫漫長夜貌騫咎也引此以明辨說得其正何憂人之言也

君子之言涉然而精俛然而類差差然而
齊彼正其名當其辭以務白其志義者也
涉然深入之貌俛然俯就貌俛然而類謂俯近於人皆有統類不虛誕也差差不齊貌謂論列是非似若不齊然終
歸於齊一也當丁浪反彼名辭也者志義之使也足以相
通則舍之矣苟之姦也通謂得其理使所吏反故名之足
以指實辭足以見極則舍之矣極中也本也見賢遍反
外是者謂之訒是君子之所棄而愚者拾
以爲己實訒難也過於志義相通之外則是務爲難說耳君子不用也故愚者

熊良正

之言芴然而粗嘖然而不類諸諸然而沸
芴與忽同忽然無根本貌粗踈略也嘖爭言也助革反或曰與賾同深也諸諸多言也謂愚者言淺則踈略深則無
統類又諸諸然沸騰也彼誘其名眩其辭而無深於其
志義者也誘誑也但欺誑其名而不正眩惑其辭而不實又不深明於志義相通之理也
故窮藉而無極甚勞而無功貪而無名藉踐
履也才夜反謂踐履於無極之地貪而無名謂貪於立名而實無名也故知者之言也
知讀爲智慮之易知也行之易安也持之易立
也成則必得其所好而不遇其所惡焉而

愚者反是詩曰爲鬼爲蜮則不可得有靦面目視人罔極作此好歌以極反側此之謂也詩小雅何人斯之篇毛云蜮短狐也靦姡也鄭云使汝爲鬼爲蜮也則汝誠不可得見也姡然有面目汝乃人也人相視無有極時終必與汝相見作此歌求汝之情汝之情展轉極於是也

凡語治而待去欲者無以道欲而困於有欲者也凡言治待使人盡去欲然後爲治則是無道欲之術而反爲有欲者所困凡語治而待寡欲者無以節欲而困於欲多者也若待人之寡欲然後治之則是無節欲之術而反爲多欲者所困故能導欲則欲自去矣能節欲則欲自寡矣

有欲無欲異類也生死也非治亂也二者異類如生死之殊非治亂所繫治亂所繫在於導欲則治不導欲則亂也欲之多寡異類也情之數也非治亂也情之數言人情必然之數也治亂所繫在節欲則治不節欲則亂不在欲之多寡也欲不待可得而求者從所可凡人之情欲雖未可得以有欲之意及至求之時則從其所可得也欲不待可得所受乎天也求者從所可受乎心也天性有欲心爲之節制所受乎天之一欲制於所受乎心之多固難類所受乎天也此一節未詳或恐脫誤耳或曰當爲所受乎天之一欲制於所受乎心之

計其餘皆衍字也一欲大凡人之情欲也言所受乎天之大欲皆制節於所受心之計度度心之計亦受於天故曰所受人之所欲生甚矣人之所惡死甚矣然而人有從生成死者非不欲生而欲死也不可以生而可以死也此明心制欲之義故欲過之而動不及心止之也動謂作爲也言欲過多而所作爲不及其欲由心制止之也心之所可中理則欲雖多奚傷於治所可謂心以爲可也言若心止之而中理欲雖多無害於治也欲不及而動過之心使之也心之所可失理則欲雖寡奚止於亂心使之失理則欲雖寡亦不能止亂故治亂在於心之所可亡於情之所欲明在心不在欲不求之其所在而求之其所亡雖曰我得之失之矣所在心也所亡欲也性者天之就也情者性之質也欲者情之應也以所欲以爲可得而求之情之所必不免也性者成於天之自然情者性之質體欲又情之所應所以人必不免於有欲也以爲可而道之知所必出也心以欲爲可得而導達之智慮必出於此也故雖爲守門欲不可去夫人各有心故雖至賤亦不能去欲也性之具也雖爲天

子欲不可盡 具全也若全其性之所欲雖爲天子亦不能盡秦皇漢武之比也 欲雖不可盡可以近盡也 以用也近盡近於盡欲也言天子雖不可盡欲若知道則用可近盡而止之不使放肆之也 欲雖不可去求可節也 雖至賤亦不可去欲若知道則求節欲之道而爲之也 所欲雖不可盡求者猶近盡欲雖不可去所求不得慮者欲節求也 爲貴賤之謀慮皆在節其所求之欲也 道者進則近盡退則節求天下莫之若也 道謂中和之道儒者之所守也進退亦謂貴賤也道者貴則可以知近盡賤則可以知求節天下莫及之也

凡人莫不從其所可而去其所不可知道之莫之若也而不從道者無之有也 知節欲無過於道則皆從道也 假之有人而欲南無多而惡北無寡豈爲夫南者之不可盡也離南行而北走也哉 有人欲往南而惡往北也欲南無多謂南雖至多猶欲之也惡北無寡謂北雖至寡猶惡之也言此人既欲南而惡北豈爲夫南之不可得盡因肯捨南而走北乎 今人所欲無多所惡無寡豈爲夫所欲之不可盡也離得欲之道而取所惡也哉 今夫人情欲雖至多猶欲之惡雖至寡猶惡之豈爲欲之

不可得盡因肯取所惡哉言聖人以道節欲則各安其分矣而宋墨之徒不喻斯理而强令去欲寡欲此何異使之離南而北走捨欲而取惡必不可得也故可道而從之奚以損之而亂可道合道也損減也言若合道則從之奚以損亂而過此也不可道而離之奚以益之而治不合道則離之奚以益治而過此此明若合道雖爲有欲之說亦可從之不合道雖爲去欲之說亦可離之也故知者論道而已矣小家珍說之所願皆衰矣知治亂者論合道與不合道而已矣不在於有欲無欲也能知此者則宋墨之家自珍貴其說願人之去欲寡欲者皆衰矣凡人之取也所欲未嘗粹而來也其去也所惡未嘗粹而往也故人無

動而不可以不與權俱粹全也凡人意有所取其欲未嘗全來意有所去其惡未嘗全去皆所不適意也權者稱之權所以知輕重者也能權變適時故以喻道也言人之欲惡常難適意故其所舉動而不可不與道俱不與道俱則惑於欲惡矣故達道者不戚戚於貧賤不汲汲於富貴故能遣夫得喪欲惡不以介懷而欲自節矣衡不正則重縣於仰而人以爲輕輕縣於俛而人以爲重此人所以惑於輕重也衡稱之衡也不正謂偏舉也衡若均舉之則輕重等而平矣若偏舉之則重縣於俛而猶未平也遂以此定輕重是惑也權不正則禍託於欲而人以爲福福託於惡而人以爲禍此亦人所以惑於禍福

也權不正謂不知道而偏見如稱之權不正者也禍託於欲謂無德而祿因以爲福不知禍不旋踵也福託於惡謂若有才未偶因以爲禍不知先號後笑也言不知道則惑於倚伏之理也道者古今之正權離道而內自擇則不知禍福之所託道能知禍福之正如權之知輕重之正離權則不知輕重離道則不知禍福也易者以一易一人曰無得亦無喪也易謂以物相易以一易兩人曰無喪而有得也以兩易一人曰無得而有喪也計者取所多謀者從所可以兩易一人莫之爲明其數也從道而出猶以一易兩也奚

喪從道則無所喪儒術是也離道而內自擇是猶以兩易一也奚得離道則無所得宋墨也其累百年之欲易一時之嫌然且爲之不明其數也累積也嫌惡也此謂不以道求富貴終遇禍也有嘗試深觀其隱而難其察者有讀爲又雖隱而難察以下四事觀之則可知也志輕理而不重物者無之有也理爲道之精微外重物而不內憂者無之有也行離理而不外危者無之有也外危而不內恐者無之有也心憂恐則口銜芻豢而不知

其味耳聽鍾鼓而不知其聲目視黼黻而不知其狀輕煖平簟而體不知其安故嚮萬物之美而不能嗛也（嚮讀爲享獻也謂受其獻也嗛足也快也史記樂毅曰先王以爲嗛於志嗛口簟反）假而得問而嗛之則不能離也（假或有人問之覽以爲足其意終亦不能離於不足也）故嚮萬物之美而盛憂兼萬物之利而盛害如此者其求物也養生也粥壽也（也皆當爲耶問之辭）故欲養其欲而縱其情（縱其情則欲終不可養也）欲養其性而危其形欲養其樂而攻其心欲養其名而亂其行（皆外重物之所致也）如此者雖封侯稱君其與夫盜無以異乘軒戴絻其與無足無以異（絻與冕同）夫是之謂以己爲物役矣（己爲物之役使）心平愉則色不及傭而可以養目（所視之物不及傭保之人亦可養目）聲不及傭而可以養耳蔬食菜羹而可以養口麤布之衣麤紃之履而可以養體（麤紃之履麤麻屨也）屋室廬庾葭稾蓐尚机筵而可以養形（廬草屋也）

庾屋如廩庾者葭盧也以盧爲屋室葭稾爲席蓐者貧賤人之居也尚机筵未詳或曰尚言尚古猶若稱尚書之尚也尚机筵質朴之机筵也故無萬物之美而可以養樂無埶列之位而可以養名埶列班列也名美名也如是而加天下焉其爲天下多其和樂少矣以是無貪利之心加以天下之權則爲天下必多爲己之私和樂少矣夫是之謂重己役物知道則心平愉心平愉則欲惡有節物不動故能重己而役物自有嘗試以下皆論知道不知道也無稽之言不見之行不聞之謀君子愼之無稽之言無考驗者也不見之行不聞之謀謂在幽隱人所不聞見者君子尤當戒愼不可忽也中庸曰戒愼乎其所不覩恐懼乎其所不聞莫見乎隱莫顯乎微故君子愼其獨也說苑作無類之說不戒之行不贊之辭君子愼之此三句不似此篇之意恐誤在此耳

荀子卷第十六

荀子卷第十七

登仕郎守大理評事楊倞注

性惡篇第二十三

（當戰國時競為貪亂不脩仁義而荀卿明於治道知其可化無勢位以臨之故激憤而著此論書曰惟天生民有欲無主乃亂惟聰明時乂亦與此義同也）

人之性惡其善者僞也（僞為也矯也矯其本性也凡非天性而人作為之者皆謂之僞故僞字人傍為亦會意字也）今人之性生而有好利焉順是故爭奪生而辭讓亡焉（天生性也順是謂順其性也）生而有疾惡焉順是故殘賊生而忠信亡焉（疾與嫉同惡烏路反）生而有耳目之欲有好聲色焉順是故淫亂生而禮義文理亡焉（文理謂節文條理也）然則從人之性順人之情必出於爭奪合於犯分亂理而歸於暴故必將有師法之化禮義之道（道與導同）然後出於辭讓合於文理而歸於治用此觀之然則人之性惡明矣其善者僞也故枸木必將待檃括烝矯然後直（枸讀為鉤曲也下皆同檃括正曲木之木也烝謂烝之使柔矯謂矯之使直也）鈍金必

將待礱厲然後利礱厲皆磨也厲與礪同今人之性惡必將待師法然後正得禮義然後治今人無師法則偏險而不正無禮義則悖亂而不治古者聖王以人之性惡以爲偏險而不正悖亂而不治是以爲之起禮義制法度以矯飾人之情性而正之以擾化人之情性而導之也使皆出於治合於道者也矯彊抑也擾馴也今之人化師法積文學道禮義者

爲君子縱性情安恣睢而違禮義者爲小人用此觀之然則人之性惡明矣其善者僞也孟子曰人之學者其性善孟子言人之有學適所以成其天性之善非矯也與告子所論者是也曰是不然是不及知人之性而不察人人之性僞之分者也不及知謂智慮淺近不能及於知猶言不到也書曰子冲人不及知也凡性者天之就也不可學不可事禮義者聖人之所生也人之所學而能所事而成者也聖人之所生明非天性也事爲也任也周禮太宰職六曰事典

以富邦國以任百官鄭云任事也不可學不可事而在人者謂之性可學而能可事而成之在人者謂之僞是性僞之分也不可學不可事謂不學而能不事而成也今人之性目可以見耳可以聽夫可以見之明不離目可以聽之聰不離耳可見之明常不離於目可聽之聰常不離於耳也目明而耳聰不可學明矣如目明耳聰之不假於學是乃天性也

孟子曰今人之性善將皆失喪其性故也孟子言失喪本性故惡也曰若是則過矣今人之性生而離

其朴離其資必失而喪之朴質也資材也言人若生而任其性則離其質朴而偷薄離其資材而愚惡其失喪必也用此觀之然則人之性惡明矣所謂性善者不離其朴而美之不離其資而利之也不離質朴資材自得美利不假飾而善此則爲天性使夫資朴之於美心意之於善若夫可以見之明不離目可以聽之聰不離耳使質朴資材自善如聞見之聰明常不離於耳目此乃天性也故曰目明而耳聰也故曰如目明耳聰此乃是其性不然則是矯僞使之也今人之性飢而欲飽寒而欲煖勞而

欲休此人之情性也今人飢見長而不敢先食者將有所讓也勞而不敢求息者將有所代也（所以代尊長也）夫子之讓乎父弟之讓乎兄子之代乎父弟之代乎兄此二行者皆反於性而悖於情也（悖違）然而孝子之道禮義之文理也故順情性則不辭讓矣辭讓則悖於情性矣用此觀之然則人之性惡明矣其善者僞也

問者曰人之性惡則禮義惡生（禮義何從而生惡音烏）應之曰凡禮義者是生於聖人之僞非故生於人之性也（故猶本也言禮義生於聖人矯僞抑制非本生於人性也）故陶人埏埴而爲器（陶人瓦工也埏擊也埴黏土也擊黏土而成器埏音羶）然則器生於工人之僞非故生於人之性也（言陶器自是生於工人學而爲之非本生於人性自能爲之也或曰工人當爲陶人故猶本也）故工人斲木而成器然則器生於工人之僞非故生於人之性也聖人積思慮習僞故以生禮義而

起法度然則禮義法度者是生於聖人之僞非故生於人之性也 自是聖人矯人性而爲之如陶人工人然也 若夫目好色耳好聲口好味心好利骨體膚理好愉佚是皆生於人之情性者也 膚理皮膚文理 佚與逸同人勞苦則皮膚枯槁也 感而自然不待事而後生之者也 受性自爾不待學而知也 夫感而不能然必且待事而後然者謂之生於僞是性僞之所生其不同之徵也 徵驗 故聖人化性而起僞 言聖人能變化本性而興起矯

僞也 僞起於信而生禮義 老子曰智惠出有大僞莊子亦云仁相僞也義相虧也皆言非其本性也 禮義生而制法度然則禮義法度者是聖人之所生也故聖人之所以同於衆其不異於衆者性也所以異而過衆者僞也 聖人過衆在能起僞 夫好利而欲得者此人之情性也假之人有弟兄資財而分者且順情性好利而欲得若是則兄弟相怫奪矣 怫違戾也或曰怫字從木旁弗擊也方言云自關而西謂之柫今之農器連枷也且發辭也 且化禮義之

文理若是則讓乎國人矣故順情性則弟兄爭矣化禮義則讓乎國人矣凡人之欲爲善者爲性惡也（爲其性惡所以欲爲善也）夫薄願厚惡願美狹願廣貧願富賤願貴苟無之中者必求於外故富而不願財貴而不願埶苟有之中者必不及於外（既有富貴於中故不及財埶於外也）用此觀之人之欲爲善者爲性惡也（無於中故求於外亦猶貧願富之比）今人之性固無禮義故彊學而求有之也性不知禮義故思慮而求知之也然則生而已則人無禮義不知禮義（生而已謂不矯僞者）人無禮義則亂不知禮義則悖然則生而已則悖亂在己用此觀之人性惡明矣其善者僞也（不矯而爲之則悖亂在己以此知其性惡也）

孟子曰人之性善曰是不然凡古今天下之所謂善者正理平治也所謂惡者偏險悖亂也是善惡之分也已（善惡之分在此二者分扶問反）今誠

以人之性固正理平治邪則有惡用聖王惡用禮義矣哉（有讀爲又惡音烏）雖有聖王禮義將曷加於正理平治也哉今不然人之性惡（今以性善爲不然者爲人之性惡也）故古者聖人以人之性惡以爲偏險而不正悖亂而不治故爲之立君上之埶以臨之明禮義以化之起法正以治之重刑罰以禁之使天下皆出於治合於善也是聖王之治而禮義之化也今當

試去君上之埶無禮義之化去法正之治無刑罰之禁倚而觀天下民人之相與也（倚任也或曰倚偏倚猶傍觀也）若是則夫彊者害弱而奪之衆者暴寡而譁之（衆者陵暴於寡而諠譁之不使得發言也）天下之悖亂而相亡不待頃矣（頃少頃也本或爲須須臾也）用此觀之然則人之性惡明矣其善者僞也故善言古者必有節於今善言天者必有徵於人（節準徵驗）凡論者貴其有辨合有符驗（辨別也周

禮小宰聽稱責以傳別鄭司農云別之爲兩兩家各執其一符以竹爲之亦相合之物言論議如別之合如符之驗然可施行也故坐而言之起而可設張而可施行今孟子曰人之性善無辨合符驗坐而言之起而不可設張而不可施行豈不過甚矣哉故性善則去聖王息禮義矣性善則不假聖王禮義也性惡則與聖王貴禮義矣故檃栝之生爲枸木也繩墨之起爲不直也立君上明禮義爲性惡也用此觀之然則人之性惡明矣其善者僞也直木不待檃栝而直者其性直也枸木必將待檃栝烝矯然後直者以其性不直也今人之性惡必將待聖王之治禮義之化然後皆出於治合於善也用此觀之然則人之性惡明矣其善者僞也

問者曰禮義積僞者是人之性故聖人能生之也言禮義雖是積僞所爲亦皆人之天性自有聖人能生之衆人但不能生耳應

之曰是不然夫陶人埏埴而生瓦然則瓦埴豈陶人之性也哉豈陶人亦性而能瓦埴哉亦積僞然後成也工人斲木而生器然則器木豈工人之性也哉夫聖人之於禮義也辟亦陶埏而生之也辟讀爲譬然則禮義積僞者豈人之本性也哉凡人之性者堯舜之與桀跖其性一也君子之與小人其性一也言皆惡也今將以禮義積僞爲人之性邪然則有曷貴堯禹曷貴君

子矣哉所以貴堯禹者以其能化性異於衆也有讀爲又凡所貴堯禹君子者能化性能起僞僞起而生禮義然則聖人之於禮義積僞也亦猶陶埏而生之也聖人化性於禮義猶陶人埏埴而生瓦用此觀之然則禮義積僞者豈人之性也哉既類陶埏而生明非本性也所賤於桀跖小人者從其性順其情安恣睢以出乎貪利爭奪故人之性惡明矣其善者僞也桀跖小人是人之本性也天非私曾騫孝己而外衆人

也曾參閔子騫也孝己殷高宗之太子皆有至孝之行也然而曾騫孝己獨厚於孝之實而全於孝之名者何也以綦於禮義故也三人能矯其性極爲禮義故也天非私齊魯之民而外秦人也然而於父子之義夫婦之別不如齊魯之孝具敬父者何也孝具能具孝道敬父當爲敬文傳寫誤耳敬而有文謂夫婦有別也以秦人之從情性安恣睢慢於禮義故也豈其性異矣哉綦禮義則爲曾閔慢禮義則爲秦人明性同於惡唯在所化耳若以爲性善則曾閔不當與衆人殊齊魯不當與秦人異也

塗之人可以爲禹曷謂也塗道路也舊有此語今引以自難言若性惡何故塗之人皆可以爲禹也曰凡禹之所以爲禹者以其爲仁義法正也然則仁義法正有可知可能之理人皆有之然而塗之人也皆有可以知仁義法正之質皆有可以能仁義法正之具然則其可以爲禹明矣今以仁義法正爲固無可知可能之理邪然則唯禹不知仁義法正不能仁義法正也唯讀爲雖將使塗之人固

無可以知仁義法正之質而固無可以能仁義法正之具邪然則塗之人也且內不可以知父子之義外不可以知君臣之正不然（以塗之人無可知可能之論爲不然也）今塗之人者皆內可以知父子之義外可以知君臣之正然則其可以知之質可以能之具其在塗之人明矣今使塗之人者以其可以知之質可以能之具本夫仁義之可知之理可能之具然則其可以爲禹明矣今使塗之人伏術爲學專心一志思索孰察加日縣久積善而不息則通於神明參於天地矣（伏術伏膺於術孰察精孰而察加日累日也縣久縣繫以久長）故聖人者人之所積而致也（雖性惡若積習則可爲聖人書曰唯狂克念作聖）曰聖可積而致然而皆不可積何也曰可以而不可使也（可以爲而不可使爲以其性惡）故小人可以爲君子而不肯爲君子君子可以爲小人而不肯爲小人小人

君子者未嘗不可以相爲也然而不相爲者可以而不可使也故塗之人可以爲禹然則塗之人能爲禹未必然也雖不能爲禹無害可以爲禹足可以徧行天下然而未嘗有能徧行天下者也夫工匠農賈未嘗不可以相爲事也事業然則未嘗能相爲事也用此觀之然則可以爲未必能也雖不能無害可以爲然則能不能之與可不可其不同遠矣其不可以相爲明矣工賈可以相爲而不能相爲是可與能不同也可與能旣不同則終不可以相爲也此明禹亦性惡以能積僞爲聖人非禹性本善也聖人異於衆者在化性也

堯問於舜曰人情如何舜對曰人情甚不美又何問焉妻子具而孝衰於親嗜欲得而信衰於友爵祿盈而忠衰於君人之情乎人之情乎甚不美又何問焉唯賢者爲不然引此亦以明性之惡韓侍郎作性原曰性也者與生俱生也情也者接於物而生也性之品有三而其所以爲性五情之品有三而其所以爲情七曰何也曰性之品有上中下三上焉者善而已矣中

焉者可導而上下也下焉者惡焉而已矣其所以爲性者五曰仁曰禮曰信曰義曰智曰上焉者之於五也主於一而行於四中焉者之於五一也不少有焉則少反焉其於四也混下焉者之於五也反於一而悖於四性之於情視其品情之品有上中下三其所以爲情者七曰喜曰怒曰哀曰懼曰愛曰惡曰欲上焉者之於七也動而處其中中焉者之於七也有所甚有所亡然而求合其中者也下焉者之於七也亡與甚直情而行者也情之於性視其品孟子之言性曰人之性善荀子之言性曰人之性惡揚子之言性曰人之性善惡混夫始善而進惡與始惡而進善與始也混而今也善惡皆舉其中而遺其上下者也得其一而失其二者也叔魚之生也其母視之知其必以賄死楊食我之生也叔向之母聞其號也知必滅其宗越椒之生也子文以爲大慼知若敖氏之鬼不食也人之性果善乎后稷之生也其母無災其始匍匐也則岐岐然嶷嶷然文王之在母也母不憂既生也傅不勤既學也師不煩人之性果惡乎堯之朱舜之均文王之管蔡習非不善也而卒爲姦瞽叟之舜鯀之禹習非不惡也而卒爲聖人之性善惡果混乎故曰三子之言性也舉其中而遺其上下者也得其一而失其二者也曰然則性之上下者其終不可移乎曰上之性就學而愈明下之性畏威而寡罪是故上者可學而下者可制也其品則孔子謂不移也曰今之言性者異於此何也曰今之言者雜老佛而言也雜老佛而言之也者奚言而不異

有聖人之知者有士君子之知者有小人之知者有役夫之知多言則文而類終日議其所以言之千舉萬變其統類一也是聖人之知也文謂言不鄙陋也類謂其統類不乖謬也雖終日議其所以然其言千舉萬變終始條貫如一是聖人之知也少言則徑而省論而法若佚之以繩是

士君子之知也徑易也省謂辭寡論而法謂論議皆有法不放縱也論或爲倫佚猶引也佚
以繩言其直也聖人經營事廣故曰多言君子止恭其所守故曰少言也其言也謟其行也
悖其舉事多悔是小人之知也言謟行悖謂言行相違也
齊給便敏而無類雜能旁魄而毋用齊疾也給謂應
之速如供給者也便謂輕巧敏速也無類首尾乖戾雜能多異術也旁魄廣博也毋用不應於用便匹延反魄音薄
析速粹孰而不急析謂析辭若堅白之論者也速謂發辭捷速粹孰所著論甚精
孰也不急亦不急於用也不恤是非不論曲直以期勝人
爲意是役夫之知也期於必勝人惠施之論也徒自勞苦爭勝而不知禮義故曰役

夫之知也有上勇者有中勇者有下勇者天下
有中敢直其身中謂中道敢果決也直其身謂中立而不倚無回邪也先王
有道敢行其意言不疑也上不循於亂世之君
下不俗於亂世之民循順從也俗謂從其俗也仁之所在
無貧窮仁之所亡無富貴唯仁所在爲富貴禮記曰不祈多積多文
以爲富也天下知之則欲與天下同苦樂之得權位則與天
下之人同休戚苦或爲共也天下不知之則傀然獨立天地
之間而不畏是上勇也傀偉大貌也公回反或曰傀與塊同獨居之貌也

禮恭而意儉大齊信焉而輕貨財〔大重也齊信謂整齊於信也〕賢者敢推而尚之不肖者敢援而廢之是中勇也〔尚上也援牽引也〕輕身而重貨恬禍而廣解〔恬安也謂安於禍難也而廣自解說言以辭勝人也解佳買反〕苟免不恤是非然不然之情以期勝人為意是下勇也

繁弱鉅黍古之良弓也〔繁弱封父之弓左傳曰封父之繁弱鉅與拒同黍當為來史記蘇秦說韓王曰谿子少府時力距來司馬貞云言弓弩埶勁足以拒於來敵也〕然而不得排檠則不能自正〔排檠輔正弓弩之器檠巨京反〕桓公之葱大公之闕文王之錄莊君之曶闔閭之干將莫邪鉅闕辟閭此皆古之良劍也〔葱闕錄曶齊桓公齊太公周文王楚莊王之劍名皆未詳所出葱青色也錄與綠同三劍以色為名曹植七啓說劍云雕以翠綠亦其類也曶劍光采慌忽難視以形為名也闕未詳或曰闕缺也劍至利則喜缺因以為名鉅闕亦是也干將莫邪巨闕皆吳王闔閭劍名辟閭未詳新序閭丘卬謂齊宣王曰辟閭巨闕天下之良劍也或曰辟閭卽湛盧也閭盧聲相近盧黑色也湛盧言湛然如水而黑也又張景陽七命說劍曰舒辟不常李善云辟卷也言神劍柔可卷而懷之舒則可用辟閭或此義歟〕然而不加砥厲則不能利不得人力則不能斷驊騮騹驥纖離綠耳此皆古之良馬也〔皆周穆王八駿名騹讀為騏謂青

（驪文如博綦列子作赤驥與此不同纖離即列子盜驪也）然而前必有銜轡之制後有鞭策之威加之以造父之馭然後一日而致千里也夫人雖有性質美而心辨知必將求賢師而事之擇賢友而友之得賢師而事之則所聞者堯舜禹湯之道也得良友而友之則所見者忠信敬讓之行也身日進於仁義而不自知也者靡使然也（靡謂相順從也或曰靡磨切也）今與不善人處則所聞者欺誣詐僞也所見者汙漫淫邪貪利之行也（汙穢行也漫誕漫欺誑也莊子北人無擇曰舜以其辱行漫我也）身且加於刑戮而不自知者靡使然也傳曰不知其子視其友不知其君視其左右靡而已矣靡而已矣

君子篇第二十四

（凡篇名多用初發之語名之此篇皆論人君之事即君子當爲天子恐傳寫誤也）

天子無妻告人無匹也（告言也妻者齊也天子尊無與二故無匹也）四海之內無客禮告無適也（適讀爲敵禮記曰天子無客禮莫敢主焉君適其臣升自阼階不敢有其室也）足能行待相者然後進口

能言待官人然後詔官人掌喉舌之官也不視而見不聽而聰不言而信不慮而知不動而功告至備也盡委於羣下故能至備也天子也者埶至重形至佚心至愈愈讀爲愉志無所詘形無所勞尊無上矣詩曰普天之下莫非王土率土之濵莫非王臣此之謂也詩小雅北山之篇率循也濵涯也聖王在上分義行乎下則士大夫無流淫之行百吏官人無怠慢之事衆庶百姓無姦怪之

俗無盜賊之罪莫敢犯大上之禁大讀爲太大上至尊之號天下曉然皆知夫盜竊之人不可以爲富也皆知夫賊害之人不可以爲壽也皆知夫犯上之禁不可以爲安也由其道則人得其所好焉不由其道則必遇其所惡焉道謂政令是故刑罰綦省而威行如流治世曉然皆知夫爲姦則雖隱竄逃亡之由不足以免也莫不服罪而

請（自請刑戮）書曰凡人自得罪此之謂也（言人人自得其罪不敢隱也與今康誥義不同或斷章取義歟）故刑當罪則威不當罪則侮爵當賢則貴不當賢則賤（不當則爲下所侮賤）古者刑不過罪爵不踰德故殺其父而臣其子殺其兄而臣其弟（言當罪而用賢歸於至公也謂若殛鯀與禹殺管叔封康叔之比者）刑罰不怒罪爵賞不踰德分然各以其誠通（善惡分然其忠誠皆得通達無屈滯）是以爲善者勸爲不善者沮刑罰綦省而威行如流政令致明而化易如神傳曰一人有慶兆人賴之此之謂也（尚書甫刑之辭）亂世則不然刑罰怒罪爵賞踰德以族論罪以世舉賢（太誓所謂罪人以族官人以世公羊亦云尹氏卒曷爲貶譏世卿也）故一人有罪而三族皆夷德雖如舜不免刑均是以族論罪也（三族父母妻族也夷滅也均同也謂同被其刑也）先祖當賢後子孫必顯行雖如桀紂列從必尊此以世舉賢也（當賢謂身當賢人之號也列從謂行列相從當或爲嘗也）以族論罪以世

舉賢雖欲無亂得乎哉詩曰百川沸騰山冢崒崩高岸爲谷深谷爲陵哀今之人胡憯莫懲此之謂也詩小雅十月之交之篇毛云沸出也騰乘也山頂曰冢崒者崔嵬高岸爲谷深谷爲陵言易位也鄭云憯曾也懲止也變異如此禍亂方至哀哉今在位之人何曾無以道德止論法聖王則知所貴矣論議法效聖王以義制事則知所利矣以義制事則利博論知所貴則知所養矣事知所利則動知所出矣養謂自奉養所出謂所從也二者是非之本而得失之原也故成王

之於周公也無所往而不聽知所貴也桓公之於管仲也國事無所往而不用知所利也吳有伍子胥而不能用國至乎亡倍道失賢也故尊聖者王貴賢者霸敬賢者存慢賢者亡古今一也故尚賢使能等貴賤分親疏序長幼此先王之道也故尚賢使能則主尊下安貴賤有等則令行而不流流邪移也各知其分故無違令親疏有分則施行而不悖

（施謂恩惠親疏有分則恩惠各親其親故不乖悖施式豉反分扶問反）長幼有序則事業捷成而有所休（捷速也長幼各任其力故事業速成而亦有所休息之時也）故仁者仁此者也（仁謂愛說也此謂尚賢使能等貴賤分親疏序長幼五者也愛說此五者則爲仁也）義者分此者也（分別此五者使合宜則爲義也）節者死生此者也（能爲此五者死生則爲名節也）忠者惇愼此者也（愼讀如順人臣能厚順此五者則爲忠也）兼此而能之備矣（兼此仁義忠節而能之則爲德備也）備而不矜一自善也謂之聖（一皆也德備而不矜伐於人皆所以自善則謂之聖人夫衆人之心有一善則揚揚如也聖人包容萬物與天地同功何所矜伐爲也）不矜矣夫故天下不與爭能而致善用其功（不矜而推衆力故天下不敢爭能而極善用於衆功矜則有敵故不尊也）有而不有也夫故爲天下貴矣（有能而不自有）詩曰淑人君子其儀不忒其儀不忒正是四國此之謂也（詩曹風尸鳩之篇言善人君子其儀不忒故能正四方之國以喻正身待物則四國皆化恃才矜能則所得者小也）

荀子卷第十七

荀子卷第十八

登仕郎守大理評事楊

成相篇第二十五

以初發語名篇雜論君臣治亂之事以自見其意故下云託於成相以喻意漢書藝文志謂之成相雜辭蓋亦賦之流也或曰成功在相故作成相三章也

請成相請言成相之辭世之殃愚闇愚闇墮賢良世之殃由於愚此愚闇以重墮賢良也墮許規反人主無賢如瞽無相何倀倀倀倀無所往貌相息亮反倀丑羊反請布基慎聖人慎讀爲順請說陳布基業在乎順聖人也愚而自專事不治主忌苟勝羣臣莫諫必逢災主既猜忌又苟欲勝人也論臣過反其施言論人臣之過在乎不行施惠施式豉反尊主安國尚賢義拒諫飾非愚而上同國必禍所以尊主安國在崇尚賢義若拒諫飾非以愚闇之性苟合於上則必禍也曷謂罷國多私假設問荅以明其意罷讀曰疲謂弱不任事者也所以弱者由於多私國語罷士無伍韋昭曰罷病也無行曰病比周還主黨與施還繞遠賢近讒忠臣蔽塞主勢移曷謂賢明君臣明君臣之道則爲賢上能尊主愛下民主誠聽之天下爲一海內賓主之孽讒人達賢能遁逃

國乃蹷孽災也蹷顛覆也愚以重愚闇以重闇成爲桀久而愚闇愈甚遂至於桀也世之災妬賢能飛廉知政任惡來惡來飛廉之子秦之先也史記曰惡來有力飛廉善走父子俱以材力事紂也卑其志意大其園囿高其臺榭卑其志意言無遠慮不慕往古武王怒師牧野紂卒易鄉啓乃下易鄉回也謂前徒倒戈攻于後啓微子名下降也鄉讀爲向武王善之封於宋立其祖立其祖使祭祀不絕也左傳曰宋祖帝乙世之衰讒人歸比干見刳箕子累累讀爲縲書曰釋箕子之囚武王誅之呂尚招麾殷民懷招麾指揮也

世之禍惡賢士子胥見殺百里徙子胥吳大夫伍員字也爲夫差所殺百里奚虞公之臣徙遷也謀不見用虞滅係虜遷徙於秦穆公得之强配五伯六卿施穆公秦穆公任好也伯讀曰霸六卿天子之制春秋時大國亦僭置六卿六卿施言施六卿也世之愚惡大儒逆斥不通孔子拘逆拒斥逐大儒不使通拘謂畏匡厄陳也展禽三絀春申道綴基畢輸展禽魯大夫無駭之後名獲字子禽謚曰惠居於柳下三絀謂爲士師三見絀也春申楚相黃歇封爲春申君綴止也與輟同畢盡也輸傾委也言春申爲李園所殺其儒術政治道德基業盡傾覆委地也請牧基賢者思牧治堯在萬世如見之讒人罔極險

陂傾側此之疑陂與詖同言當疑此讒人傾險也基必施辨賢罷罷讀曰疲也文武之道同伏戲文武周文王武王伏戲古帝王太昊氏始畫八卦造書契者戲與羲同由之者治不由者亂何疑爲凡成相辨法方至治之極復後王後王當時之王言欲爲至治在歸復後王謂隨時設教不必拘於古法慎墨季惠百家之說誠不詳慎到墨翟惠施或曰季即莊子曰季眞之莫爲者也又曰季子聞而笑之據此則是梁惠王犀首惠施同時人也韓侍郎云或曰季梁也列子曰季梁楊朱之友言四子及百家好異說故不用心詳明之詳或爲祥治復一脩之吉君子執之心如結言堅固不解也

衆人貳之讒夫棄之形是詰衆人則不能復一讒夫則兼棄之但詰問治之形狀言侮嫚也或曰形當爲刑無德化唯刑戮是詰言苛暴也水至平端不傾心術如此象聖人聖人心平如水而有埶直而用抴必參天而有勢之上疑脫一字言既得權勢則度己以繩接人用抴功業必參天也世無王窮賢良無王者與賢良窮困暴人芻豢仁人糟糠禮樂滅息聖人隱伏墨術行治之經禮與刑君子以修百姓寧明德慎罰國家既治四海平治之志後埶富爲治之意後權埶與富者則公道行而貨賂息

也 君子誠之好以待 君子必誠此意好以待用 處之敦固有深藏之能遠思 敦厚也有讀爲又既處之厚固又能深藏遠慮 思乃精志之榮好而壹之神以成 好而不二則通於神明也 精神相反一而不貳爲聖人 相反謂反覆不離散 治之道美不老 老休息也莊子曰佚我以老爲治當日新其美無休息 君子由之佼以好 佼亦好也音絞 下以教誨子弟上以事祖考 接下以仁事親以孝也

成相竭辭不蹷 竭盡也論成相之事雖終篇無顛蹷之辭蹷音厥 君子道之順以達 道言說也辭既不蹷君子言之必弘順而通達 宗其賢良辨其殃孽 君子尋成相之辭必能宗其賢良致治辨其殃孽爲之害也

請成相道聖王 道亦言說前章意未盡故再論之也 堯舜尚賢身辭讓許由善卷重義輕利行顯明 莊子曰堯讓天下於許由許由曰子適有幽憂之病方且治之未暇治天下也遂不受舜讓天下於善卷善卷不受遂入深山不知其處也 堯讓賢以爲民 爲萬民求明君所以不私其子 氾利兼愛德施均辨治上下貴賤有等明君臣堯授能舜遇時尚賢推德天下治雖有賢聖適不遇世孰知之 蓋以自歎 堯不德舜不辭 皆歸

至公妻以二女任以事大人哉舜南面而立
萬物備委任羣下無爲而理舜授禹以天下舜所以授禹亦以天下之
故也尚得推賢不失序得當爲德外不避仇內不
阿親賢者予謂殛鯀與禹又不私其子予讀爲與禹勞心力堯
有德干戈不用三苗服舉舜甽畝任之天
下身休息甽與畎同得后稷五穀殖夔爲樂
正鳥獸服謂擊石拊石百獸率舞笙鏞以閒鳥獸蹌蹌也契爲司徒民
知孝弟尊有德禹有功抑下鴻抑遏也下謂治水使歸下也鴻即洪

何澄

水也書曰禹降水警予也辟除民害逐共工今尚書舜流共工于幽此云禹未詳北
決九河通十二渚疏三江按禹貢導弱黑漾沇淮渭洛七水又有灘
淄其道伊洛瀍澗既入于河數則不止於十二此云十二渚未詳其說也禹溥土平天下
溥讀爲敷孔安國云洪水泛溢禹分布治九州之土也躬親爲民行勞苦
行讀如字謂所行之事也得益皋陶橫革直成爲輔橫革直未
聞韓侍郎云此論益皋陶之功橫而不順理者革之直者成之也契玄王生昭明詩曰
天命玄鳥降而生商又曰玄王桓撥皆謂契也史記契爲堯司徒封於商賜姓子氏契卒子昭明立也居於
砥石遷于商砥石地名未詳所在或曰即砥柱也左氏傳曰閼伯居商丘相土因之相土昭明子

也言契初居砥石至孫相土乃遷商丘也十有四世乃有天乙是成湯史記曰契卒子昭明立昭明卒子相土立相土卒子昌若立昌若卒子曹圉立曹圉卒子冥立爲夏司空勤其官死於水殷人郊之冥卒子振立振卒子微立微卒子報丁立報丁卒子報乙立報乙卒子報丙立報丙卒子主壬立主壬卒子主癸立主癸卒子乙立是十四世也天乙湯論舉當身讓卞隨舉牟光莊子湯讓天下於卞隨務光二人不受皆投水死牟與務同也道古賢聖基必張道說古之賢聖基業必張大也

願陳辭世亂惡善不此治不知治此世亂惡善之弊隱諱疾賢良由姦詐鮮無災隱諱過惡病害賢良長用姦詐少無災也患難哉阪爲先聖阪與反同反先聖之所爲知不用愚者謀前車已覆後未知更何覺時前車已覆猶不知戒更何有覺悟之時也

不覺悟不知苦迷惑失指易上下忠不上達蒙揜耳目塞門戶不能闢四門也門戶塞大迷惑悖亂昏莫不終極莫冥莫言闇也不終極無已時也是非反易比周欺上惡正直惡烏路反下同正是惡心無度邪枉辟回失道途辟讀爲僻己無郵人我獨自美豈獨無故故事也不可尤責於人自美其身己豈無事己亦有事而不知其過也或曰下無獨字不

知戒後必有恨（恨悔）後遂過不肯悔（不肯悔前之非）讒夫多進反覆言語生詐態人之態不如備（如當爲知言人爲詐態上不知爲備）爭寵嫉賢利惡忌（利在惡忌賢者）妬功毀賢下斂黨與上蔽匿（斂聚也下聚黨與則上蔽匿也）上壅蔽失輔埶（失輔弼之臣則埶不在上）任用讒夫不能制孰公長父之難（孰公長父皆厲王之嬖臣未詳其姓名墨子曰厲王染於厲公長父榮夷終厲公與孰公不同未知孰是或曰孰公長父即詩所云皇父也孰或爲郭）厲王流于彘（彘地名在河東左傳晉大夫有彘子言孰公長父姦邪遂使難作厲王流竄於彘）周幽厲所以敗不聽

規諫忠是害嗟我何人獨不遇時當亂世（言自古忠良多有遇害何獨我哉自慰勉之辭也）欲衷對言不從（衷誠也欲誠意以對時君恐言不從而遇禍也）恐爲子胥身離凶進諫不聽剄而獨鹿棄之江（獨鹿與屬鏤同本亦或作屬鏤吳王夫差賜子胥之劒名屬之欲反鏤力朱反國語里革曰鳥獸成水蟲孕於是乎禁罝罜麗此當是自剄之後盛以罜麗棄之江也賈逵云罜麗小罟也）觀往事以自戒治亂是非亦可識託於成相以喻意（識如字亦讀爲志也）

請成相言治方（言爲治之方術）君論有五約以明君

謹守之下皆平正國乃昌論爲君之道有五甚簡約明白謂臣下職一也君法明二也刑稱陳三也言有節四也上通利至莫敢恣五也臣下職莫游食游食謂不勤於事素飡游手也務本節用財無極事業聽上莫得相使一民力所興事業皆聽於上羣下不得擅相役使則民力一也禮記曰用民之力歲不過三日也守其職足衣食民不失職則衣食足矣厚薄有等明爵服貴賤有别利往卬上莫得擅與孰私得利之所往皆卬於上莫得擅爲賜與則誰敢私得於人乎擅相賜與若齊田氏然卬與仰同宜亮反君法明論有常君法所以明在言論有常不二三也表儀既設民知方進

退有律莫得貴賤孰私王進人退人皆以法律貴賤各以其才孰有私佞於王乎君法儀禁不爲爲君之法儀在自禁止不爲惡莫不說教名不移既能正己則民皆悅上之教而名器不移也說讀爲悅修之者榮離之者辱孰它師孰敢以它爲師言皆歸王道不敢離貳也刑稱陳守其銀稱謂當罪當罪之法施陳則各守其分限稱尺證反銀與垠同下不得用輕私門下不得專用刑法則私門自輕罪禍有律莫得輕重威不分禍亦罪也請牧祺明有基祺吉也請牧治吉祥之事在明其所有之基業主好論議必善謀五聽循領莫不理續主執持五聽折獄

之五聽也循領謂修之使得綱領莫不有文理相續主自執持此道不使權歸於下聽之經明其請請當爲情聽獄之經在明其情參伍明謹施賞刑參伍猶錯雜也謂或往參之或往伍之皆使明謹施其賞刑言精研不使僭濫也顯者必得隱者復顯民反誠幽隱皆通則民不詐僞也言有節稽其實節謂法度欲使民言有法及不欺誑在稽考行實也信誕以分賞罰必下不欺上皆以情言明若日上通利隱遠至上通利不壅蔽則幽隱遐遠者皆至也觀法不法見不視所觀之法非法則雖見不視也耳目既顯吏敬法令莫敢恣此已上君論有五之事也君教出行有律

五論之教既出則民所行有法言知方也吏謹將之無鈹滑將持也詩曰無將大車鈹與披同滑與汨同言不使紛披汨也下不私請各以宜舍巧拙請謁舍止也羣下不私謁各以所宜不苟求也如此則以道事君巧拙之事亦皆止臣謹修君制變臣職在謹修君職在制變公察善思論不亂以治天下後世法之成律貫律貫法之爲條貫也

賦篇第二十六

所賦之事皆生人所切而時多不知故特明之或曰荀卿所賦甚多今存者唯此言也

爰有大物爰於也言於此有大物夫人之大者莫過於禮故謂之大物也非絲非帛

文理成章絲帛能成黼黻文章禮亦然也非日非月爲天下明生者以壽死者以葬城郭以固三軍以强粹而王駁而伯無一焉而亡臣愚不識敢請之王言禮之功用甚大時人莫知故荀卿假爲隱語問於先王云臣但見其功亦不識其名唯先王能知敢請辭之先王因重演其義而告之王曰此夫文而不采者與先王爲解禮意曰此乃有文飾而不至華采者歟簡然易知而致有理者歟君子所敬而小人所不者與性不得則若禽獸性得之則甚雅似者歟雅正也似謂似續古人詩曰維其有之是以似之匹夫隆之則爲聖人諸侯隆之則一四海者歟致明而約甚順而體請歸之禮極明而簡約言易知也甚順而有體言易行也先王言唯歸於禮乃合此義也禮

皇天隆物以示下民隆猶備也物萬物也或厚或薄帝不齊均言人雖同見方所知或多厚或寡薄天帝亦不能齊均也桀紂以亂湯武以賢惛惛淑淑皇皇穆穆惛惛思慮昏亂也淑淑未詳或曰美也皇皇穆穆言緒之美也言或愚或智也周流四海曾不崇日崇充也言智周流四海曾不充滿一日而遍也君子以脩跖以穿室跖柳下惠之弟太山

之盜也君子用智以脩身距用智以穿室皆帝不齊均之意也大參于天精微而無
形言智慮大則參天小則精微無形也行義竪正事業以成皆在智也
行下孟反可以禁暴足窮百姓待之而後寧泰
足窮謂使窮者足也百姓待君上之智而後安寧泰當爲泰寧也臣愚而不識願問
其名曰此夫安寬平而危險者邪言智常欲
就利遠害修潔之爲親而雜汙之爲狄者邪智修
潔則可相親若雜亂穢汙則與夷狄無異言險詐難近也甚深藏而外勝敵者
邪法禹舜而能弇迹者邪弇襲行爲動靜待

之而後適者邪血氣之精也志意之榮也
精靈榮華百姓待之而後寧也天下待之而後
平也明達純粹而無疵也夫是之謂君子
之知此論君子之智明小人之智不然也知
有物於此居則周靜致下動則綦高以鉅
居謂雲物發在地時周密也鉅大也圓者中規方者中矩言滿天地之圓方也大參
天地德厚堯禹參謂天地相似雲所以致雨生成萬物其德厚於堯禹者矣精
微乎毫毛而盈大乎寓宙寓與宇同言細微之時則如毫毛其廣大

則盈大於宇宙之內宇覆也謂天所覆三蒼云四方上下爲宇上大參天地此又云盈大宇宙言說雲之變化或大
或小故重言之也忽兮其極之遠也攭兮其相逐而
反也攭與劙同攭兮分判貌言雲或慌忽之極而遠舉或分散相逐而還於山攭音戾卬卬
兮天下之咸蹇也卬卬高貌雲高而不雨則天下皆蹇難也德厚而
不捐五采備而成文捐棄也萬物或美或惡覆被之皆無捐棄矣往
來惛憊通于大神惛憊猶晦瞑也通于大神言變化不測也憊困也人困目亦昏暗故
惛憊爲晦瞑也出入甚極莫知其門極讀爲亟急也門謂所出也天下
失之則滅得之則存雲所以成雨也弟子不敏此之

願陳君子設辭請測意之弟子荀卿自謂言弟子不敏願陳此事不
知何名欲君子設辭請測其意亦言雲之功德唯君子乃明知之也曰此夫大而不塞
者歟雲氣無實故曰不塞充盈大宇而不窕入郄穴而
不偪者歟窕讀爲窱深貌也言充盈則滿大宇幽深反則入郄穴而曾無偪側不容也窱土吊
反行遠疾速而不可託訊者與訊書問也行遠疾速宜於託訊
今雲者虛無故不可本或作託訓或曰與似續同也言雲行遠疾速不可依託繼續也往來惛憊
而不可爲固塞者歟雖往來晦冥掩蔽萬物若使牢固蔽塞則不可暴
至殺傷而不億忌者歟億謂以意度之論語曰億則屢中或曰與抑同

而無牝牡者與為蠶之時未有牝牡也冬伏而夏游食

桑而吐絲游謂化而出也前亂而後治繭亂而絲治也夏生而

而惡暑生長於夏先暑而化喜溼而惡雨溼謂浴其種既生之後則惡雨蛹

以為母蛾以為父乎言之也三俯三起事乃大已

俯謂臥而不食事乃大已言三起之後事乃畢也謂化而成蠶也夫是之謂蠶理五帝

言此乃蠶之義理也蠶蠶之功至大時人鮮知其本詩曰婦無公事休其蠶織戰國時此俗尤甚故荀卿感而賦之

有物於此生於山阜處於室堂山阜鐵所生也無

知無巧善治衣裳知讀為智不盜不竊穿窬而

行日夜合離以成文章合離謂使離者相合文章亦待其連綴而成也以

能合從又善連衡從豎也子容反衡橫也言箴亦能如戰國合從連衡之人南北為從東西為衡也下覆百姓上飾帝王功業甚博不

見賢良見猶顯也不自顯其功伐見賢遍反時用則存不用則亡

順時行藏臣愚不識敢請之王王曰此夫始生

鉅其成功小者邪為鐵則巨為箴則小長其尾而銳其

剽者邪長其尾謂線也剽末也謂箴之鋒也莊子曰有實而無乎處者宇也有長而無本剽者宙也剽

者眇末之意匹小反頭銛達而尾趙繚者邪重説長其尾而銳其剽趙

讀爲掉掉繚長貌言箴尾掉而繚也掉徒吊反一往一來結尾以爲事
結其尾線然後行箴無羽無翼反覆甚極極讀爲亟急也尾生
而事起尾邅而事已尾邅迴盤結則箴功畢也簪以爲父
管以爲母簪形似箴而大故曰爲父言此者欲狀其形也管所以盛箴故曰爲母禮記曰箴管
線纊也既以縫表又以連裏夫是之謂箴理
理義理也箴古者貴賤皆有事故王后親織玄紞公侯夫人加之以紞綖大夫妻成祭服士妻衣其夫末世
皆不修婦功故託辭於箴明其爲物微而明至重以譏當世也
天下不治請陳佹詩荀卿請陳佹異激切之詩言天下不治之意也天

地易位四時易鄉皆言賢愚易位也鄉猶方也春夏秋冬皆不當其方言錯亂也
鄉如字列星隕墜旦暮晦盲列星二十八宿有行列者隕墜以喻百官弛廢
旦暮晦盲言無韙是明時也或曰當時星辰隕墜旦暮昏霧也幽晦登昭日月下藏
言幽闇之人登昭明之位君子明如日月反下藏也昭或爲照公正無私反見從橫
言公正無私之人反見謂從橫反覆之志也志愛公利重樓疏堂欲在上位
行至公以利百姓非謂重樓疏堂之榮貴也無私罪人憼革二兵憼與儆同
備也二副也謂無私罪人言果敢去惡也言去邪嫉惡乃以儆備增益兵革之道言彊盛也道德純
備讒口將將將將去也言以讒言相退送或曰將將讀爲蹡蹡進貌仁人絀約

敖暴擅強絀退窮約天下幽險恐失世英天下幽暗凶險如此必恐時賢不見用也螭龍爲蝘蜓鴟梟爲鳳皇說文云螭如龍而黃北方謂之蛇螻蝘蜓守宮言世俗不知善惡螭龍之聖反謂之蝘蜓鴟梟之惡反以爲鳳皇也比干見刳孔子拘匡昭昭乎其知之明也郁郁乎其遇時之不祥也拂乎其欲禮義之大行也闇乎天下之晦盲也郁郁有文章貌拂違也此蓋誤耳當爲拂乎其遇時之不詳也郁郁乎其欲禮義之大行晦盲言人莫之識也皓天不復憂無疆也千歲必反古之常也皓與昊同昊天元氣昊大也呼昊天而訴之云世亂不復憂不可竟也復自解釋云亂久必反於治亦古之常道千或爲卒弟子勉學天不忘也言天道福善故曰不忘恐弟子疑爲善無益而解墯故以此勉之也聖人共手時幾將矣共讀爲拱聖人拱手言不得用也幾辭也將送也去也言戰國之時世事已去不可復治也與愚以疑願聞反辭反辭反復敘說之辭猶楚詞亂曰弟子言當時政事既與愚反疑惑之人故更願以亂辭敘之也其小歌也此下一章即其反辭故謂之小歌摠論前意也念彼遠方何其塞矣遠方猶仁人大道也詘約暴人衍矣衍饒也忠臣危殆讒人服矣服用也本或作讒人般矣般樂也音盤

琁玉瑤珠不知佩也 說文云琁赤玉瑤美玉也孔安國曰瑤美石言不知以此四寶爲佩說文琁音瓊 雜布與錦不知異也 雜布麤布 閭娵子奢莫之媒也 閭娵古之美女後語作明娵楚詞七諫謂閭娵爲醜惡蓋一名明陬漢書音義韋昭曰閭陬梁王魏瞿之美女字奢當爲子都鄭之美人詩曰不見子都蓋都字誤爲奢耳後語作子都莫之媒言無人爲之謀也娵子于反 嫫母刁父是之喜也 嫫母醜女黄帝時也刁父未詳喜悅也 以盲爲明以聾爲聰以危爲安以吉爲凶嗚呼上天曷維其同 言惑亂如此故歎而告上天曷維其同言何可與之同也後語作曷其與同此章即遺春申君之賦也

荀子卷第十八